FERDINAND FARJON

Ancien officier du Génie
Ex-Chef d'Etat-Major du 22me Corps d'Armée
(Armée du Nord 1870-1871)

Un Paquet de Lettres

BOULOGNE-SUR-MER

SOCIÉTÉ TYPOGRAPHIQUE ET LITHOGRAPHIQUE 35-37, RUE AD.-THIERS

ADMINISTRATEUR : A. BARET

1912

ARMÉE DU NORD 1870-71

Etat-Major du 22e Corps d'Armée

Abbé STERLIN *Aumonier*	Lieutenant d'Etat-major suédois Baron de RAPPE *Officier d'ordonnance*	Capitaine de mobile de CANTILLON *Officier d'ordonnance*	Lieutent d'Etat-major auxilre PETYT *Officier d'ordonnance*
Capitaine d'Etat-major THIERRY *Aide-de-camp*	Lieutenant de dragons de BOYSSON *Officier d'ordonnance*		
Chef de Bataillon du Génie THOUZELLIER *Commandant du Génie*	Général de division LECOINTE *Commandant le 22e Corps*	Capitaine du Génie FARJON *Chef d'Etat-major*	Chef d'escadrons d'Artillerie PIGOUCHE *Commandant de l'Artillerie*

FERDINAND FARJON

Ancien officier du Génie

Ex-Chef d'Etat-Major du 22me Corps d'Armée

(Armée du Nord 1870-1871)

Un Paquet de Lettres

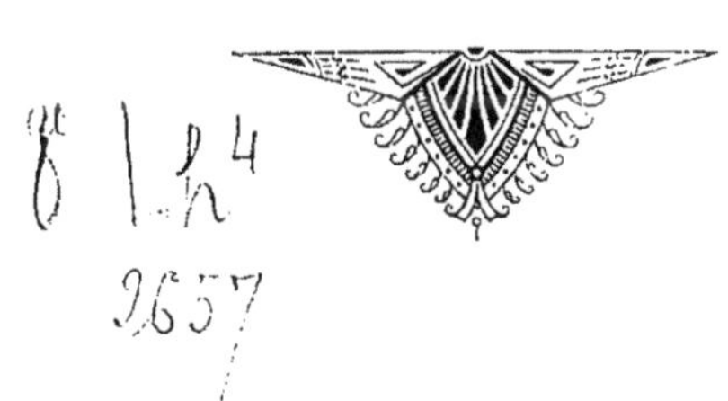

BOULOGNE-SUR-MER

SOCIÉTÉ TYPOGRAPHIQUE ET LITHOGRAPHIQUE 35-37, RUE AD.-THIERS

ADMINISTRATEUR : A. BARET

—

1912

AVANT-PROPOS.

J'ai retrouvé dans les papiers de mon père la la plupart des lettres que je lui adressai pendant la campagne 1870-1871. Ce n'est pas sans émotion que j'ai relu ces pages jaunies, à quarante années de distance des événements tragiques au cours desquels je les écrivis. Elles ont évoqué, toutes fraîches et toutes vivantes, mes impressions de jadis et il m'a paru qu'il ne serait peut-être pas sans intérêt de les publier. Je le fais sans y rien changer ; ces lettres, la plupart du temps très-courtes, rédigées en courant, ne sauraient avoir la moindre prétention littéraire. Ce sont de petits bulletins où domine presque toujours une note optimiste, afin d'inspirer confiance et de calmer les angoisses du meilleur des pères dont je restais l'unique affection.

Afin de permettre au lecteur de rattacher cette correspondance aux faits qui lui ont donné naissance, il est nécessaire que je retrace en quelques lignes ma carrière pendant la guerre contre l'Allemagne. Ce sera pour le lecteur un fil conducteur et, en même temps, l'explication de certaines lacunes.

Au moment où éclata la guerre, j'étais en résidence à Calais comme officier d'état-major du Génie. J'avais 28 ans et j'étais capitaine depuis trois ans. Le 14 août 1870, je reçus l'ordre de me rendre à Soissons ; j'étais chargé de mettre en état de défense la ligne de chemin de fer de Reims à Paris, qui passe par cette ville. La tache était doublement ardue : la voie ferrée était toute entière en deça de ce qu'on appelait alors « la zone frontière » et par conséquent totalement dépourvue d'ouvrages défensifs préparés à l'avance, et d'autre part, on ne me fournissait aucun moyen d'action, j'étais livré à ma seule inspiration. Je m'acquittai de ma mission de mon mieux. Peut-être me déciderai-je quelque jour à la raconter, car bien qu'elle ait eu une certaine importance, elle est restée à peu près ignorée.

Quand les Prussiens arrivèrent, je rentrai dans la place de Soissons et pris part à sa défense. Le bombardement commencé le 12 octobre, dura quatre jours au bout desquels la place capitula. Grace à un déguisement, je pus m'évader sans rendre mon épée et, après être allé embrasser mon père, je parti pour Tours, où siégeait le Gouvernement, afin de reprendre du service.

Je fus envoyé à l'armée du Nord, à ce moment en formation sous l'énergique impulsion du général Farre. Employé d'abord comme officier du Génie, je ne tardai pas à être nommé adjoint à l'Etat-major général, puis, le 4 Décembre 1870, chef d'Etat-major de la division Lecointe, puis enfin le 20 décembre, chef d'Etat-major du 22e corps d'armée, fonctions que je conservai jusqu'à la complète dissolution du 22e corps, le 1er avril 1871.

C'est dans ces conditions que j'ai pris part à la campagne du Nord sous les ordres du général Lecointe et le haut commandement du général Faidherbe.

Au mois de février, pendant l'armistice, le 22e corps fut embarqué à Dunkerque et envoyé dans le Cotentin. C'est à notre quartier général de St-Lo que s'acheva ma carrière d'officier d'Etat-major. Quand j'eus liquidé toutes mes affaires et expédié mes archives au Ministère de la Guerre à Bordeaux, je rentrai à Boulogne et vins reprendre à Calais le modeste poste que j'occupai avant la guerre.

UN PAQUET DE LETTRES

Soissons, le 15 Août 1870.

Mon cher père,

Je suis arrivé à bon port. Je connais maintenant mon sort : j'ai trouvé ici un commandant et un capitaine, je dois me joindre à eux. La mission spéciale pour laquelle on m'a fait venir consiste à préparer des mines tout le long du chemin de fer entre Reims et Paris, pour le cas où l'ennemi s'avancerait de ce côté.

Je m'arrête ici pour ne pas manquer la poste. D'ici à peu, je t'enverrai des détails.

Ton fils qui t'embrasse,

F. FARJON.

Soissons, le 17 Août 1870.

Mon cher père,

Je suis donc installé à Soissons.

Je ne suis que médiocrement satisfait de cette solution. Le travail dont on m'a chargé pourrait être très important et m'occuperait beaucoup, si j'en étais chargé seul, malheureusement tout le monde veut s'en mêler et j'aurai bien de la peine à faire quelque chose, si cela continue (1). J'ai trouvé ici un commandant et un capitaine ancien qui sont chargés de préparer la défense de la place. J'ai obtenu hier du commandant qu'il écrive directement au Ministre pour demander ce qu'il me faut en hommes, en outils et en matériaux pour mon travail. Quelle sera la réponse, je n'en sais rien, mais si elle n'est pas conforme à ce que j'ai demandé, je n'aurai plus grand chose à faire ici (2). Du reste, quoiqu'il arrive, j'espère bien ne pas faire à Soissons un long séjour : ma lettre de service, que j'ai reçue seulement ce matin, dit que quand j'aurai terminé mon travail au chemin de fer, je devrai me tenir à la disposition du Directeur des fortifications à Mézières.

Je me suis établi d'une façon fort sommaire : j'ai loué une chambre à vingt francs par mois. Je prends pension au meilleur hôtel de la ville, à la Croix d'Or, avec mon commandant, mon collègue et trois officiers d'artillerie qui

(1) Ces ennuis durèrent peu et je ne tardai pas à être laissé libre d'agir à ma guise.

(2) La réponse fut négative : on avait tout expédié à Metz. J'eus alors l'idée de m'adresser aux deux compagnies du Nord et de l'Est qui fort obligeamment mirent leur personnel à ma disposition.

sont ici pour armer les remparts. Nous sommes très bien nourris, à raison de 3 francs par jour ; à chaque repas, on nous sert des fameux haricots, ils sont vraiement délicieux.

Soissons est une ville fort ancienne et assez étendue, mais relativement peu peuplée. On y voit pas mal de couvents et beaucoup de curés, la population a assez bon air. Mais en ce moment la ville est envahie par 3500 gardes mobiles qu'on a réunis pour les exercer ; on en annonce encore un nouveau bataillon. La garde sédentaire est aussi organisée et monte gravement la faction. Les travailleurs de toute espèce fonctionnent en grand nombre sur les fortifications, mais tout cela est encore fort en retard. Espérons que les Prussiens nous laisseront quelque répit, à moins que (ce qui semble probable) on ne les expulse bien vite avant de les laisser entrer en Champagne. Dans tous les cas, s'ils venaient jusqu'ici, Soissons est susceptible de faire une bonne résistance ; tout le monde est fort bien disposé, mais les trois chefs de service : place, artillerie et génie ne sont pas à la hauteur de leur tâche.

J'entends sonner six heures, c'est le dîner : allons manger des haricots.

Au revoir, cher père. Dans quelques jours je t'écrirai ce qui sera advenu de mes affaires. Je t'embrasse de cœur,

Ton fils,

F. Farjon.

Soissons, le 24 Août 1870.

Mon cher père,

J'ai été bien heureux de recevoir ta lettre et d'avoir ainsi quelques nouvelles de la maison. Cela supplée, sans les remplacer, les bonnes visites que je te faisais régulièrement et qui sont maintenant suspendues pour quelque temps. Il faut espérer que ce ne sera pas trop long, car les affaires semblent prendre une meilleure tournure.

Ma situation n'a pas beaucoup changé depuis huit jours. J'ai travaillé beaucoup, voyagé pas mal, présenté cinq ou six projets, mais pas un coup de pioche n'a été donné jusques ici. Mes voyages ne sont pas toujours commodes, car le chemin de fer est encombré de convois militaires de toute sorte ; ainsi, en ce moment, à la gare de Soissons, il y a un convoi de 2.500.000 cartouches, un convoi qui porte tout un équipage de ponts avec les pontonniers, un convoi avec tous les chevaux du même équipage, un autre encore de cinquante wagons chargés de pain. Tout cela est destiné à l'armée de Bazaine et l'on attend des ordres pour pouvoir le rejoindre en toute sécurité. Il y a quelques jours, nous avons vu passer, rejoignant Mac-Mahon, tout le 7e corps qui était parvenu à regagner Paris en venant de Belfort par Dijon. La veille c'était toute la garde mobile de Paris qui, du camp de Châlons, retournait à la capitale. Enfin c'est un mouvement continuel.

Vendredi dernier, je suis allé à Reims sur la machine d'un train pour mieux examiner la voie. Quand j'ai eu terminé mon étude, j'ai dû attendre longtemps dans la gare un train qui me ramenât à Soissons. J'ai vu dans cette gare un mouvement immense et j'y ai même rencontré plusieurs connaissances, entr'autres M. Jacques, inspecteur des douanes à Calais qui cherchait à gagner le camp de Châlons pour voir son fils, engagé volontaire. Je doute qu'il ait pu y parvenir, car l'armée du camp ne devait pas tarder à commencer son mouvement.

J'ai vu là aussi le capitaine en second de la compagnie du Génie qu'on avait dit détruite à Wissembourg et à Reichshoffen ; ils s'étaient seulement égarés après cette bataille, et aux prix d'affreuses fatigues, ils étaient parvenus à rejoindre leur corps d'armée. Ils avaient perdu tous leurs bagages, et celui que j'ai vu n'ayant plus rien que ce qu'il portait sur lui, s'en allait à Paris chercher quelques objets indispensables. D'après lui, jusqu'au batailles livrées à Metz et dont les pertes ne sont pas encore connues, celles du Génie, en officiers, comprendraient un capitaine tué et deux commandants blessés.

Avant-hier, j'ai commencé à examiner la ligne de chemin de fer dans la direction de Paris. J'ai continué hier jusqu'à Villers-Cotterets, c'est-à-dire à moitié chemin de Paris. Je m'en tiens là pour le moment.

Ah ! Des ordres formels du Ministre arrivant pour mes mines ; nous allons enfin nous y mettre. Je te quitte en hâte, je vais courir à Reims.

Je t'embrasse de cœur,

Ton fils,

F. Farjon.

Soissons, le 28 Août 1870.

Mon cher père,

Au moins, cette fois-ci, je n'ai plus le loisir de t'écrire de longs détails ; je suis fortement occupé et n'ai pas une minute à perdre. Les ordres pressants du Ministre ont obligé enfin à se mettre à l'œuvre et, en ce moment, j'ai des travailleurs sur sept points différents de la voie ferrée entre Reims et Villers-Cotterets, occupés nuit et jour. Je voyage presque constamment et d'une façon irrégulière, car il n'y a plus de train de voyageurs, et il faut saisir au passage le premier train militaire qui passe. Je suis allé hier à Reims et j'y retournerai sans doute demain matin pour y transporter mes poudres et tout mon matériel de mines. Chaque fois que je vais dans cette ville, je vois des choses très curieuses et souvent alarmantes. La semaine dernière, on y trouvait la queue de l'armée de Mac-Mahon, les trainards, les éclopés, etc ; ils étaient couchés partout : c'était hideux. En ce moment on se prépare à défendre la ville contre le prince royal de Prusse : il y a environ 25.000 hommes de troupes diverses commandées par le général de Linières qui m'ayant rencontré hier à la gare, m'a pris dans sa voiture pour examiner les sorties de Reims sur Soissons qui serait son point de retraite dans le cas où il serait obligé de se replier. Ma ligne de chemin de fer est celle qu'on veut garder jusqu'à la dernière extrémité, elle ne serait coupée que si le maréchal Mac-Mahon était battu et contraint de se retirer sur Paris, ce qui n'est pas probable.

Quant à l'Empereur et à son fils, ils sont par là quelque

part derrière l'armée, on ne sait pas bien où et l'on ne parle guères d'eux en ce moment.

J'ai vu aussi à Reims le départ des francs-tireurs de Paris Lafont-Mocquart qui s'en allaient rejoindre l'armée ; ils ont fort bonne mine, mais je crois que les soldats, en général, valent mieux que leurs officiers.

Ici on travaille activement à mettre la place en état de défense et l'on se prépare à faire bonne contenance devant les soldats de « notre Fritz », s'ils venaient faire une pointe de ce côté. Ils se sont avisés hier de se présenter à Epernay où ils croyaient ne trouver aucun soldat. Par hasard, il y avait là des soldats du Génie qui leur ont donné une chasse et leur ont tué 15 hommes dont un officier. Cinq sapeurs ont été blessés ; j'ai vu ces braves gens à l'ambulance de Reims, ils avaient encore assez bon air.

Je te dirais bien de m'envoyer une foule de choses qui me manquent, mais ce serait peu prudent. On ne sait pas ce qui peut survenir et il vaut mieux ne pas m'encombrer. En outre, tout ce qui n'est pas service de l'armée sur le chemin de fer est si éventuel que je pourrais bien ne rien recevoir du tout.

Je me porte parfaitement bien.

Je me suis fait cadeau d'un bon revolver qui ne me quitte plus et qui est toujours chargé. Il n'y aurait rien d'impossible à ce que, dans mes excursions, je fisse la rencontre de quelques uns de MM. les uhlans et on n'est jamais trop sur ses gardes.

Au revoir, mon cher père, n'aie aucune inquiétude sur moi, je suis dans les meilleures conditions du monde, donne-moi des nouvelles de la maison et fais mes amitiés à nos parents et amis.

Ton fils qui t'embrasse de cœur,

F. Farjon.

Soissons, le 31 Août 1870.

Mon cher père,

Je vois avec plaisir par ta lettre qu'Auguste [1] est encore à la maison, et avec déplaisir que les travaux de batisse ne marchent pas. Les miens avancent ferme et, dès demain, je vais m'occuper de la portion de ma ligne qui est voisine de Paris. Ce qui rend mes nombreux déplacements fort incommodes, c'est qu'il n'y a plus de trains réguliers sur toutes les lignes de ce côté : il faut attendre dans les gares qu'il passe un train militaire quelconque, quelquefois pendant plusieurs heures. C'est encore un motif pour lequel il ne faudrait pas t'inquiéter si tu étais quelques jours sans recevoir de lettre de moi, car le service de la poste est très-irrégulier.

Je suis allé avant-hier lundi à Reims ; peut-être n'aurai-je plus besoin d'y retourner ; j'y ai transporté et mis en sûreté mes poudres et mon matériel, le travail de la mine [2] doit être terminé aujourd'hui. Les Prussiens rodent aux environs de Reims et s'avancent quelquefois jusqu'aux faubourgs. La ville est occupée par 25.000 hommes et on la fortifie ; toute la ligne du chemin de fer est gardée par des mobiles.

On n'a aucune nouvelle de Mac-Mahon. A l'Etat-major de la division, j'ai demandé si l'on communiquait avec lui, on m'a dit que non. Le maréchal ne veut donner aucune

(1) Domestique de mon père, appelé comme mobilisé.

(2) Au pont du chemin de fer sur le canal de l'Aisne à la Marne, qu'on fit sauter après Sedan.

nouvelle avant d'avoir mené à bien son entreprise. Toutes les lettres adressées à son armée ; même celles qui lui sont personnelles, même celles qui sont adressées à l'empereur, restent à la poste de Reims ; il y en a des sacs plein une cave.

Je suis revenu de Reims d'une façon fort désagréable. Il n'y avait pas de train annoncé pour Soissons et j'ai du aller de Reims à Laon, puis revenir de Laon sur Soissons dans un train de marchandises : cinq heures et demie de chemin de fer !

Il fait un temps superbe. La petite ville de Soissons présente un aspect extraordinaire : on ne voit partout que voitures de déménagement, tous les habitants riches s'en vont ; les faubourgs sont au désespoir ; leur démolition est imminente ; on a déjà abattu tous les arbres, j'ai vu hier un pauvre pépiniériste qui est ruiné du coup. L'Aisne a été barrée hier et l'inondation va commencer. Ah ! les Prussiens nous coutent cher ! Nous leur revaudrons tout cela : leur position devient de jour en jour plus critique. (1)

Ne m'envois rien ici en ce moment, ça n'arriverait pas. Tu peux m'écrire sans affranchir, tu n'as qu'à mettre sur l'adresse :

à l'armée du Rhin.
Dernière résidence Soissons.

Je te quitte maintenant pour retourner à mes trous. Fais mes amitiés à tout notre monde, je t'embrasse de cœur.

Ton fils,

F. FARJON.

(1) On était à la veille de Sedan !!!

Soissons, le 4 Septembre 1870.

Mon cher père,

La fortune nous accable. Mac-Mahon est anéanti. Avant trois jours, probablement, les Prussiens seront devant Soissons.

Dans ces conditions, il n'y a plus qu'une chose à faire : se dévouer jusqu'à la fin.

Je t'embrasse de tout cœur,

Ton fils,

F. Farjon.

Soissons, le 8 Septembre 1870.

Mon cher père,

Rien de nouveau depuis hier. Nous ne savons pas au juste où sont les Prussiens. Il parait cependant qu'on en a vu à Laon, hier. Nous continuons à travailler en les attendant : ce matin encore j'ai fait sauter un pont. Ce soir un autre va filer.

Je viens d'être nommé membre du Conseil de guerre : je serai juste, mais sévère.

Au revoir, cher père, n'aie pas trop d'inquiétude sur mon compte. J'ai bon espoir.

Ton fils qui t'embrasse de cœur,

F. Farjon.

Soissons, le 9 Septembre 1870.

Mon cher père,

Les journaux annoncent, à ce qu'il parait. depuis deux jours, que les Prussiens marchent de Reims sur Soissons. C'est inexact jusqu'ici et il ne semble même pas probable qu'ils songent à attaquer sérieusement Soissons en ce moment. Dans tous les cas, on n'en a pas encore aperçu un seul de ce côté.

Je rentre de faire tomber encore un pont dans la rivière. Sera-ce le dernier ?

Je cours jeter ma lettre à la poste avant le courrier. Ne t'attends pas à ce que je t'écrive régulièrement. Il peut arriver que le courrier ne parte pas ou que je sois occupé toute la journée dehors. Cela a failli arriver aujourd'hui.

Je t'embrasse de cœur.

F. Farjon.

Soissons, le 10 Septembre 1870.

Mon cher père,

Cette fois, c'est sérieux, ils commencent à arriver et on les aperçoit des remparts sur les hauteurs environnantes. Les portes restent fermées et il est probable que nous ne tarderons pas à être investis ; alors la correspondance deviendra impossible.

Il faudra donc te résigner, mon cher père, à rester quelques temps sans nouvelles de moi. Dès que par un moyen quelconque je pourrai t'en faire parvenir, je le ferai [1].

Au revoir. mon cher père, prends patience et reçois les baisers de ton fils,

F. FARJON.

(1) Les ennemis aperçus appartenaient aux corps dirigés sur Paris. Près d'un mois devait s'écouler avant le siège de la place.

Soissons, le 12 Septembre 1870.

Mon cher père,

On m'avertit qu'il y aura courrier aujourd'hui. Je m'empresse de t'écrire un mot. Il n'y a rien de nouveau : des cavaliers prussiens parcourent la campagne dans les environs. On les aperçoit de temps en temps des remparts, mais aucune tentative contre Soissons n'a eu lieu jusqu'à présent.

Avant-hier un parlementaire s'est présenté suivant l'habitude. Mais je suis porté à croire que c'était un faux parlementaire sans mission qui a cherché tout simplement à voir ce qui se passait.

Enfin, quoiqu'il arrive nous sommes prêts, mais le commandement est déplorable.

Au revoir, mon cher père, je t'embrasse de cœur,

Ton fils,

F. Farjon.

Soissons, le 16 Septembre 1870.

Mon cher père,

Je profite d'un courrier extraordinaire [1]. Rien de nouveau.

Je ne me suis jamais mieux porté.

Ton fils qui t'embrasse,

F. FARJON.

Soissons, le 19 Septembre 1870.

Mon cher père,

Je continue d'aller parfaitement bien, j'ai beaucoup de travail et je suis satisfait. Soissons n'a pas été attaqué jusqu'ici. Les Prussiens se sont contentés, ces jours derniers, de nous envoyer trois obus qui n'ont presque pas fait de dégâts. Ils ont sillonné le pays dans tous les sens autour de nous se rendant sous Paris. Nous leur avons fait quelques prisonniers.

Ecris-moi quelques mots, peut-être ta lettre me parviendra-t-elle.

Le courrier part.

Je t'embrasse,

F. FARJON.

(1) Cette lettre écrite sur un petit carré de papier, fut emportée par un cantonnier dans sa chaussure.

Soissons, le 21 Septembre 1870.

Mon cher père,

Je t'ai écrit un mot avant-hier, l'as-tu reçu ? Le service de la poste est fort irrégulier. Rien de nouveau ici : il n'y a plus un seul prussien dans nos environs.

Nous sommes sans nouvelles de tout ce qui se passe en France. Que fait-on ? Que devenons-nous ? Du reste, quoiqu'il arrive, la situation pour nous ne saurait changer : nous défendre indéfiniment.

Au revoir, mon cher père, sois sans inquiétude sur moi. Mes compliments à nos parents et à nos amis.

Ton fils qui t'embrasse de tout cœur,

F. FARJON.

Soissons, le 28 Septembre 1870.

Mon cher père,

Je continue à être sans nouvelles de toi depuis le 9. As-tu reçu les diverses lettres que je t'ai écrites depuis lors? Ecris-moi à Soissons par Coucy-le-Château.

Les Prussiens commencent à nous cerner, ils sont établis sur tout un côté de la ville, mais ils n'ont fait encore aucune démonstration contre nous. La garnison a fait deux sorties sans grand résultat.

J'ai toujours beaucoup à faire, mais en revanche, je ne me suis jamais mieux porté ; ainsi tout va bien. Nous sommes à peu près sans nouvelles de ce qui se passe en dehors de notre place et surtout de Paris.

Nous avons reçu toutefois la proclamation du Gouvernement qui déclare la guerre à outrance. J'approuve cette résolution. Il faut un suprême effort pour sortir de notre abaissement.

Fais mes amitiés à tous nos parents et amis.

Auguste est-il encore à la maison ?

Je t'embrasse de cœur.

Ton fils,

F. Farjon.

Soissons, le 1er Octobre 1870.

Mon cher Père,

Je profite d'une bonne occasion pour faire mettre cette lettre à la poste à Amiens, je suis donc certain qu'elle te parviendra et je puis la faire un peu plus longue que les précédentes, qui, peut-être sont restées en route. J'ai reçu avant-hier ta bonne lettre du 22, accompagnée du mot de l'excellent Baudelocque (1) ; tu ne saurais croire avec quel bonheur j'ai dévoré toutes ces lignes, j'étais sans nouvelles depuis le 9. Dans le malheur général que nous traversons, nous pouvons dire que nous sommes des moins à plaindre, puisque les Prussiens ne sont pas chez nous et que je suis à Soissons me portant on ne peut mieux.

Nous ne subissons pas jusqu'ici de siège proprement dit, de petits corps ennemis nous cernent d'une façon fort habile sur toute la rive gauche de l'Aisne ; ils ont occupé successivement, par petits groupes, différents points stratégiques fort bien choisis, en particulier la gare du chemin de fer qui est à 1200 mètres de la place, et de là ils nous surveillent et nous empêchent de communiquer au dehors.

Sur la rive droite, ils ne se sont pas encore établis, mais il est probable que cela ne tardera guère. C'est par la poste située de ce côté que, jusqu'à présent, nous avons pu conserver quelques relations avec l'extérieur.

La garnison de 5200 hommes est très nombreuse, eu

(1) M. Jules Baudelocque, avocat à Boulogne, voisin de campagne de mon père.

égard à la grandeur de la place, mais elle est fort novice, tant les officiers que les soldats ; ils finiront par se former, mais ce n'est pas avec de pareilles troupes qu'on peut tenter de ces coups de main qui réusissent toujours, précisément parce qu'ils sont hardis et que l'ennemi ne s'y attend pas.

Je dois dire cepandant que j'ai eu à diriger deux petites expéditions de nuit qui ont eu un plein succès. La première remonte déjà à une douzaine de jours. Nous avions appris par un espion qu'il n'y avait pas ce jour-là un seul prussien à Vic-sur-Aisne, petite ville située entre Soissons et Compiègne et possédant un pont suspendu sur l'Aisne, par lequel une partie de l'armée prussienne était passée. Nous décidâmes que j'irais, la nuit, détruire ce pont et qu'en passant j'en ferais sauter un autre situé à peu près à moitié route au village de Fontenoy. J'avais avec moi, 200 hommes d'infanterie et mes douzes fidèles sapeurs du Génie [1] qui font avec moi toutes les expéditions de ce genre. Vic-sur-Aisne est à 19 kilomètres de Soissons ; nous sommes partis à 10 heures du soir et rentrés le lendemain matin à 9 heures, l'opération avait parfaitement réussi et nous n'avions pas rencontré un seul prussien. A Vic-sur-Aisne, le pont devait être rapidement renversé par un procédé qui m'avait été indiqué par les ingénieurs de Soissons ; sur les lieux, je le trouvai impraticable. Je pris le parti d'y mettre le feu. J'allai chez le principal épicier de l'endroit, le fis lever et lui réquisitionnai trente litres de pétrole et, après bien des efforts, le pont finit par s'enflammer. Je craignais qu'après notre départ, les habitants du pays ne vinssent l'éteindre. J'ai su depuis, que le gardien du pont avait, en effet, essayé de le faire, mais sans succès et que le pont avait complètement brûlé deux jours durant. A Fontenoy, c'était plus simple : pendant que j'étais à Vic, les sapeurs avaient

(1) Petit détachement cédé à la garnison de Soissons par la division d'Exéa se repliant de Reims sur Paris après Sedan.

préparé une mine de 600 kilos de poudre. Nous produisimes une explosion épouvantable et le pont fut anéanti. Après une excursion pareille, si j'étais fatigué, tu peux le croire.

Avant-hier, j'ai refait une sortie du même genre. On nous avait averti que les pontonniers prussiens avaient rétabli en amont de Soissons, à 10 kilomètres, au village de Missy-sur-Aisne, un pont que j'avais fait sauter, mais incomplètement, il y a un mois. Un détachement de 25 hommes avaient fait ce travail, et, leur besogne achévée, avaient pillé le village et requis, par-dessus le marché, les voitures des paysans pour emmener leur butin. J'étais prévenu que les abords du pont étaient gardés par un poste installé dans la première maison du village du côté de Soissons et que les autres pillards étaient dissiminés dans les habitations.

Je pris avec moi deux cents gardes mobiles, mes sapeurs et cinq cents kilos de poudre. Nous sommes sortis de la ville à 11 heures moins 1/4 et nous sommes avancés avec de grandes précautions et très lentement. Arrivés devant la maison où devait se trouver le poste et la sentinelle, je la fis cerner par les plus résolus de mes hommes, j'avais défendu de charger les armes, afin de ne point attirer l'attention par un coup de feu (le corps prussien était à 4 kilomètres de là sur l'autre rive). Mes braves s'avancent à plat ventre, serrant de près la maison, ils avancent toujours, les voilà sous les murs, et puis... c'est un formidable éclat de rire, il n'y avait personne !

Nous pénétrons dans le village, nous réveillons un habitant sûr qui nous apprend que les allemands sont partis dans la soirée vers 10 h. 1/2. Vingt minutes plus tard, le pont réparé était anéanti et nous revenions lestement à Soissons où nous étions de retour, sans coup férir, à 4 h. 1/2 du matin. L'explosion qui a été entendue dans tout le pays, a dû réveiller les Prussiens désagréablement. Cela leur apprendra à garder leur passages. La leçon a profité, du reste. On me rapporte qu'ils viennent de terminer un pont en bois qu'ils avaient commencé à Vénizel, village à 5 kilomètres au-dessus de Soissons et que les abords en sont fortifiés et bien gardés. Je ne désespère pas pourtant de le leur démolir, j'ai déjà un petit plan.

La garnison a fait deux sorties infructueuses pour reprendre la gare qu'on a laissé stupidement occuper par les assiégeants. Ces sorties nous ont coûté huit morts et une douzaine de blessés, dont le commandant d'Infanterie. Du côté prussien, les pertes ont été infiniment plus considérables, grâce à notre artillerie (l'adversaire n'en a pas jusqu'ici).

Nos travaux de fortification continuent toujours, la place commence à être dans un état fort respectable et peut tenir longtemps. Que Paris se défende et nous finirons par expulser ces barbares, j'en ai la conviction.

Fais bien mes amitiés à tout le monde et en particulier au " capitaine " Baudelocque que je remercie bien vivement de son bon souvenir.

Ecris-moi à Soissons par Coucy-le-Château, et donne-moi beaucoup de nouvelles. Les moindres détails m'intéressent.

Au revoir, cher père, sois sans inquiétude, je t'embrasse de tout cœur,

Ton fils,

F. Farjon.

Soissons, le 4 octobre 1870.

Mon cher père,

Je continue de bien aller. Le siège de Soissons n'a pas encore lieu d'une façon sérieuse, mais nous sommes presqu'entièrement investis.

La garnison a eu hier une petite affaire : il s'agissait de de faire rentrer 17 voitures de lard. L'opération a réussi.

Il parait qu'à Paris ça ne va pas mal. Les paysans par ici commencent à se monter contre les Prussiens : c'est bon signe.

Au revoir, mon cher père, je t'embrasse de tout mon cœur.

Ton fils,

F. Farjon.

Soissons, le 7 Octobre 1870.

Mon cher père,

Rien de nouveau depuis trois jours. Les Prussiens nous laissent en ce moment quelque répit : On en a profité pour faire entrer par la seule porte qui reste à notre disposition d'importants approvisionnements de munitions et de vivres Le temps est toujours splendide.

J'ai reçu toutes tes lettres et, en particulier, celle du 3 ; avec quel plaisir je les ai lues et relues, je n'ai pas besoin de te le dire.

Tu ne saurais te faire une idée de l'horreur des ruines dont je suis ici chaque jour le témoin. La disette commence à se faire sentir sur certains points, et les prussiens ravagent tout.

De notre coté, nous avons dû, pour défendre la place, sacrifier trois riches faubourgs par la pioche et par l'incendie. Ils ne sont pas près de se relever.

Au revoir, cher père, n'aie aucune inquiétude, je suis aussi bien que possible. Je t'embrasse de cœur.

Ton fils,

F. Farjon.

Tours, le 26 Octobre 1870.

Mon cher père,

J'en suis presque à regretter d'être venu ici ; il règne dans tous ces ministères un tel désordre, il y a dans tous ces couloirs une telle foule d'intrigants et de mendiants que je suis écœuré et aspire à m'en aller. Il est presqu'impossible de voir quelqu'un et les lettres que j'avais ne m'ont servi à rien du tout. Heureusement, j'ai retrouvé ici quelques connaissances, les ingénieurs de Soissons qui sont arrivés comme moi à Tours pour demander de nouveau du service. Grâce à un ami [1] de l'un d'eux, nous avons pu être reçus hier matin par Gambetta et c'est un grand honneur qu'on nous a fait, car Gambetta ne reçoit personne.

Nous lui avons dit ce qui s'était passé à Soissons et l'avons averti qu'un grand nombre de places sont aussi mal commandées et exposées au même sort. Nos renseignements ont paru l'intéresser vivement et il nous a demandé de lui faire un petit mémoire sur la question. Pour les affaires de service, c'est à M. de Freycinet qu'il faut s'adresser, c'est lui en réalité le ministre de la guerre. Jusqu'à présent nous n'avons pu le voir et, pour mon compte, j'y ai renoncé. Je suis allé voir hier après-midi le général Véronique qui a continué d'être directeur du Génie au Ministère. Celui-ci m'a donné une lettre de service pour me mettre à la disposition du général Bourbaki à Lille. Il ne me reste plus qu'à terminer le mémoire pour Gambetta, à chercher à avoir

(1) Le docteur Liouville.

quelqu'argent pour me rééquiper, après quoi je m'en irai d'ici, car j'en ai par-dessus la tête.

Au revoir, mon cher père, je pense que nous nous verrons bientôt.

Je t'embrasse de cœur.

Ton fils,

F. Farjon.

Lille, le 30 Octobre 1870.

Mon cher père,

J'ai quitté Tours hier matin et je viens d'arriver à Lille pour prendre possession de mon nouveau poste. J'arrive ici en même temps que la confirmation officielle du désastre de Metz. C'est bien grave ; je reste cependant partisan de la lutte à outrance, moins que jamais nous ne pouvons pactiser avec notre ennemi.

Je n'ai pu voir personne aujourd'hui. Demain je saurai ce que l'on veut faire de moi.

Je suis très fatigué. Demain je te donnerai des détails.

Ton fils qui t'embrasse,

F. Farjon.

Lille, le 13 Novembre 1870.

Mon cher père,

Enfin, ma situation a pris un aspect plus satisfaisant. Parmi les nombreux échappés de Metz qui sont arrivés à Lille se trouve le lieutenant-colonel de Villenoisy, professeur de fortification de l'école de Metz, que l'on a mis à la tête du service du Génie de notre petite armée du Nord. C'est une précieuse acquisition pour nous et je suis très flatté d'être sous ses ordres. Déjà, grâce à lui, l'on a décidé de construire des ouvrages détachés sur les hauteurs qui dominent la ville d'un côté ; quant à moi, il m'a chargé de fortifier et de barricader le faubourg de Fives, qui est une véritable ville à côté de Lille.

Je ne sais trop quand nous prendrons la campagne ; on nous a prévenus qu'il fallait prendre nos dispositions pour être montés. Tout cela dépendra sans doute de ce que feront les Prussiens.

Comme je ne suis pas toujours en mesure d'acheter et de t'envoyer des journaux, j'ai pris le parti de t'abonner pour trois mois au *Progrès du Nord*. C'est un bon journal, bien renseigné. Son rédacteur en chef est secrétaire général au Ministère de l'Intérieur.

Au revoir, cher père, dès que j'aurai quelque chose de nouveau je te l'écrirai.

Je t'embrasse de tout mon cœur,

F. Farjon.

Ecris-moi sans affranchir à l'adresse suivante :

Capitaine du Génie à l'Etat-major de l'armée du Nord.

Lille, le 15 Novembre 1870.

Mon cher père,

Nous avons l'ordre de nous tenir prêts à partir. Mes affaires de Soissons n'arrivent pas, je suis obligé de me procurer pas mal de choses, c'est pourquoi je voudrais que tu m'envoies le plus tôt possible 200 francs, à moins que tu ne préfères me les apporter toi-même, ce qui serait beaucoup mieux. En prenant à Wimille le train du matin, tu pourrais, avec un billet d'aller et retour, passer une demi-journée avec moi.

En t'attendant, je t'embrasse de cœur,

F. FARJON.

Lille, le 27 Novembre 1870.

Mon cher père,

Tu as déjà dû voir dans les journaux, la nouvelle de petits succès remportés par notre armée du Nord ; c'est, je l'espère, le prélude de quelque chose de plus décisif. Le général Farre et le colonel de Villenoisy sont à Amiens ; malgré le désir que j'ai exprimé de les suivre, ils m'ont laissé ici à la tête de tout le service d'Etat-major. C'est un travail écrasant et affreusement ennuyeux, mais puisque c'est utile, il faut le faire. Je compte bien que cet état de choses ne durera pas trop longtemps, le général Farre n'est parti à Amiens que pour quelques jours, car il faudra qu'il revienne ici pour continuer l'organisation de l'armée, ce qui n'est pas une petite affaire. D'ailleurs le général Faidherbe, notre nouveau chef, ne va pas tarder à arriver : il était hier à Marseille, d'où il nous a envoyé une premiére dépêche.

Ma position est vraiment extraordinaire : je suis maître du télégraphe, et j'en fais un usage continu ; j'ai dans la main tous les services possibles et il faut agir avec beaucoup de prudence pour ne froisser personne. C'est égal, je serais enchanté de faire autre chose.

A bientôt, quand il y aura du nouveau. Je t'embrasse de cœur,

Ton fils,

F. Farjon.

Lille, le 29 Novembre 1870.

Mon cher père,

Le début de notre petite armée n'a pas été heureux. Après deux journées de succès partiels très bien enlevés, la bataille du troisième jour, qui s'est livrée avant-hier, s'est terminée à notre désavantage. La principale cause de notre insuccès a été la pénurie de munitions. Rien à faire à cela ; quand il faut en trois semaines improviser tous les services que comporte une organisation d'armée, il est impossible de préparer des approvisionnements considérables. Donc, après avoir bien tenu l'armée ennemie en échec (un vrai corps d'armée de 35.000 hommes) jusqu'à 4 heures de l'après-midi devant Amiens, le général a décidé qu'il était sage de battre en retraite. Celle-ci s'est opérée en très bon ordre, les Prussiens ayant trop souffert de notre feu pour oser nous poursuivre. Je n'ai pas bougé d'ici, passant la journée et la nuit d'avant-hier en proie aux plus vives inquiétudes et échangeant dépêches sur dépêches.

Enfin, et c'est là l'essentiel, notre corps d'armée reste entier, sinon intact. C'est une défaite, non un désastre, comme l'a dit M. Testelin. J'espère bien que c'est partie remise.

J'attends le général Farre ce soir, ou demain. Nulle donnée encore sur ce que nous avons perdu.

Je t'embrasse de cœur,

Ton fils,

F. Farjon.

Lille, le 4 Décembre 1870.

Mon cher père,

Je pars ce soir pour Cambrai où je vais remplir les fonctions de chef d'état-major du Général Lecointe. qui prend là le commandement d'un petit corps de 10.000 hommes. C'est notre armée d'Amiens moins la mobile qu'il faut décidément remanier, sourtout dans le personnel de ses officiers. Ces 10.000 hommes sont destinés à inquiéter les derrières de l'ennemi et, peut-être à reprendre Amiens si, comme on peut l'espérer, les affaires marchent bien à Paris. Je pars enchanté de cette position qui m'a été offerte ce matin par le général Farre et que j'ai acceptée avec empressement. En outre, je pars tranquillisé sur le sort de notre département que les Prussiens ne paraissent pas vouloir inquiéter pour le moment, car ils ont fait sauter un pont sur chacun des embranchements qui vont d'Amiens sur Arras et sur Abbeville. Enfin, avec nos troupes, nous couvrons la région du nord contre une incursion audacieuse de leur part, en sorte que je vais combattre pour la sauvegarde de nos foyers.

Le général Faidherbe est ici depuis hier.

J'ai dîné hier soir avec Baudelocque et je dois le revoir encore aujourd'hui.

Au revoir, cher père, je t'embrasse de cœur.

Ton fils,

F. Farjon.

Vermand, le 7 Décembre 1870.

Mon cher père,

Je viens d'arriver à Vermand, avec ma colonne, à 6 kilomètres de Saint-Quentin. Nous avons quitté Cambrai hier matin pour aller à Fins, et nous avons ce matin quitté ce dernier village pour venir ici. Nous avons avec nous une solide petite colonne de 10.000 hommes qui fera, je l'espère, de bonne besogne. Nous n'avons pas encore rencontré un seul prussien. Peut-être en verrons-nous demain.

Je suis fort occupé par mes fonctions de chef d'état-major ; cette nuit, j'ai pu à peine dormir. Nous devions d'abord aller sur Amiens, à Albert, et les ordres de marche étaient donnés dans ce sens, puis des dépêches de Lille arrivées dans la nuit ont fait tout changer.

Je me porte parfaitement bien. Je voyage à cheval.

Au revoir, cher père, je t'embrasse de cœur,

ton fils,

F. Farjon.

Ham, le 10 Décembre 1870.

Mon cher père,

Nous avons quitté St-Quentin hier matin à 11 h. 1/2 pour nous diriger sur Ham, par une neige abominable. L'intention du générral était d'abord de n'entrer à Ham qu'aujourd'hui, mais, en route, nous prîmes le parti d'essayer de surprendre la ville et les 200 Prussiens qui s'y trouvaient. Nous sommes arrivés à Ham à 5 heures et l'opération a très-bien réussi pout la ville, mais les prussiens logés dans le château ont eu le temps de fermer leur porte et de nous blesser quelques hommes. Cette nuit, ils ont capitulé et nous sommes maîtres de la position.

Je t'embrasse de cœur,

Ton fils,

F. Farjon.

Tergnier, le 12 Décembre 1870.

Mon cher père,

Hier soir, après une marche de tous les diables, nous sommes arrivés à Tergnier, partis de Ham. Ce mouvement nous a été prescrit par le général Faidherbe qui est arrivé hier matin à Ham, nous félicitant de notre succès dans cette ville.

Notre marche dans la neige a été accidentée par la rencontre d'un train prussien qui s'en allait en reconnaissance sur la voie, ne se doutant pas que nous étions devant lui. Nous avons fait feu sur lui et il a rebroussé chemin à toute vapeur, nous laissant une douzaine de prisonniers.

Nous n'avons pas trouvé un seul prussien à Tergnier. Je pense que nous allons prendre nos dispositions pour cerner La Fère où ils sont 2.000.

Hier matin, un détachement de notre division est allé surprendre et capturer un convoi de 53 voitures de réquisition : résultat, 150 prisonniers et des vivres de toutes sortes.

Je me porte très bien malgré la grande fatigue qui m'est imposée.

Au revoir, mon cher père, je t'embrasse de cœur.

Ton fils,

F. Farjon.

Relhonvillers, le 14 Décembre 1870.

Mon cher père,

Le général Faidherbe a renoncé à La Fère, et depuis deux jours, nous marchons décidément sur Amiens. Hier à Golancourt, aujourd'hui ici, ce soir à Rosières-en-Santerre.

Il est 7 h. 1/2, je monte à cheval.

Je t'embrasse.

Ton fils,

F. FARJON.

Corbie, le 16 Décembre 1870.

Mon cher père,

Nous venons d'arriver à Corbie, à 4 lieues d'Amiens. On dit que les Prussiens n'y sont déjà plus. Il circule, sur Paris, les bruits les plus extraordinaires ; que contiennent-ils de vrai ? Si le quart seulement de ce qu'on raconte était vrai, notre position serait bien belle ! Le général Faidherbe, le général Farre, tout l'Etat-major général est ici ; j'y dîne ce soir avec le général Lecointe.

Je me porte très bien. Hier, le général Lecointe m'a donné un cheval pris aux Prussiens. J'ai la plus grande confiance. Nous avons ici près de 30.000 hommes ; bientôt à Lille, on en aura organisé autant avec les mobilisés. Il paraît que les Prussiens commencent à se démoraliser ; des officiers d'artillerie que nous avons pris dernièrement exprimaient l'espoir que la guerre serait bientôt finie : la guerre, leur répondîmes-nous, mais elle ne fait que commencer ! Cela a paru les stupéfier.

Au revoir, mon cher père. Ayons bon espoir dans l'étoile de la France, je t'embrasse de cœur,

Ton fils,

F. FARJON.

Corbie, le 18 Décembre 1870.

Mon cher père,

Nous quittons Corbie pour aller prendre nos positions le long de la rivière l'Hallue, nous allons à Bavelincourt. Les Prussiens commencent à arriver, on parle de 20.000 à Amiens et à Montdidier.

Au revoir, cher père, je t'embrasse de cœur.

Ton fils,

F. FARJON.

Bavelincourt, le 20 Décembre 1870.

Mon cher père,

Nous sommes à Bavelincourt depuis hier. Toute l'armée du Nord a pris position de Corbie à Contay et se prépare à y recevoir les Prussiens. Ceux-ci ont fait aujourd'hui une reconnaissance pour examiner notre situation. Cette reconnaissance, comprenant environ 1500 hommes et quelques pièces de canons, a été repoussée par nos avant-postes. Notre position est très bonne et je crois à notre succès.

D'après une récente décision, l'armée du Nord va être partagée en deux corps d'armée, le 22e et le 23e. Le général Lecointe va commander le 22e corps, comprenant deux divisions, j'espère qu'il me gardera pour chef d'état-major. Cela me ferait peut-être attraper mon épaulette de chef de bataillon.

Au revoir, mon cher père, je t'embrasse de cœur.

Ton fils,

F. Farjon.

Hannescamps, le 25 Décembre 1870.

Mon cher père,

Les Prussiens de Mantauffel nous ont livré avant-hier une grande bataille tout le long de la rivière l'Hallue. Après une journée d'efforts, ils n'ont pu nous déloger de nos positions qui étaient très-fortes. Nous comptions, hier, sur une nouvelle attaque, mais ils ont paru y renoncer et se sont retirés sur Amiens, ne laissant que des détachements embusqués dans les villages de la vallée. Sans l'incroyable lâcheté des mobilisés, notre succès se serait changé en triomphe. Mais on ne peut compter sur ces mauvaises troupes.

Nos pertes sont sérieuses, celles de l'ennemi doivent l'être aussi. Mon beau cheval de uhlan que le général Lecointe m'avait donné a été blesssé sous moi et j'ai bien peur de le perdre.

Nous nous retirons sous Arras pour refaire nos munitions et boucher nos vides.

Je vais très-bien.

Au revoir, cher père, je t'embrasse de cœur,

Ton fils,

F. Farjon.

Fampoux, le 26 Décembre 1870.

Mon cher père,

Nous voici arrivés à Fampoux où j'espère que nous allons pouvoir prendre quelques jours de repos, si MM. les Prussiens veulent bien nous le permettre. Je pense que nous l'avons bien gagné depuis un mois ; après quoi, nous recommencerons nos exploits. Tu as dû voir dans le ***Progrès du Nord*** les dépêches du général Faidherbe sur la bataille du 23, qui sera décidément la bataille de Pont-Noyelles ; elles sont l'exacte expression de la vérité.

Nous avons ce matin traversé Arras où notre arrivée a produit une panique tout-à-fait absurde, car si nous parvenions à décider Mantauffel à nous suivre jusqu'ici sur notre terrain, cela nous ferait la partie belle. Aussi est-il douteux qu'il le fasse.

Je n'ai pas de chance avec mes chevaux. Celui qui a été blessé à Pont-Noyelles est probablement perdu, l'autre a reçu ce matin une balle d'un fusil parti par maladresse, en sorte que me voilà à pied. Je vais tâcher de me remonter tant bien que mal.

J'ai eu, il y a deux jours un commencement de diarrhée, mais j'ai coupé cela tout-de-suite : il ne s'agit pas d'être malade, par le temps qui court. Hier, pour notre Christmas, nous avons fait une étape, par un froid glacial. Aujourd'hui, il faisait un peu meilleur.

Au revoir, mon cher père, je t'embrasse de tout mon cœur,

Ton fils,

F. FARJON.

Fampoux, le 27 Décembre 1870.

Mon cher père,

Nous sommes encore ici, prenant un peu de repos, ce qui n'est pas de trop, surtout par le froid qu'il fait. Nous sommes, du reste, chez de très braves gens, ce sont des fabricants de sucre qui, malgré la crainte où ils sont de voir leurs propriétés abîmées, font tout ce qu'ils peuvent pour nous bien recevoir.

Les Prussiens qu'on disait à nos trousses avec des forces considérables, se sont à peine montrés et je commence à croire qu'ils n'ont pas grande envie de venir nous attaquer dans le réseau des places fortes du Nord.

J'attends avec confiance l'année 1871 qui, je l'espère, sera pour nous un peu plus florissante que celle-ci.

Au revoir, cher père, je t'embrasse de cœur,

Ton fils,

F. Farjon.

Agny, le 31 Decembre 1870.

Mon cher père,

Ne pouvant t'embrasser comme je le voudrais, je te souhaite de loin une bonne année. Au milieu des malheurs qui, pendant l'année écoulée, ont accablé notre pays, nous n'avons eu, l'un et l'autre, que fort peu à souffrir. Espérons que, dans l'année qui va s'ouvrir, nous serons aussi bien partagés et que la France verra enfin de nouveau reluire son étoile, si ternie aujourd'hui par tant de désastres.

Nous sommes toujours en mouvement aux environs d'Arras. Nous avons fait hier, avec quelques milliers d'hommes une forte reconnaissance dans laquelle nous n'avons pas rencontré un seul prussien. Aujourd'hui toute l'armée a fait un mouvement, nous avons quitté notre position entre Arras et Douai, qui ne valait pas grand chose, pour venir nous établir en avant d'Arras. Je ne vois pas très-bien quelles sont les intentions du général en chef.

Il fait toujours très froid.

Au revoir, mon cher père, je t'embrasse de tout mon cœur,

Ton fils,

F. FARJON.

Boiry-St-Martin, le 4 Janvier 1871.

Mon cher père,

Hier et avant-hier nous avons de nouveau livré bataille aux Prussiens. L'action, quoique meurtrière de part et d'autre a très-bien marché de notre côté, malgré le froid intense. Nous avons de toutes parts refoulé l'ennemi autour de Bapaume ; mais il a fallu s'arrêter là, les Prussiens avaient garni les anciennes fortifications de cette ville et nous n'aurions pu les y attaquer qu'en faisant d'énormes pertes ; le général Faidherbe ne l'a pas voulu.

L'ennemi comptait bien nous battre et pour compléter notre défaite, il avait massé une grande quantité de cavalerie, qui a fait, ce matin, une seule tentative sur nos colonnes, qui ne lui a point réussi.

Aujourd'ui nous avons pris des cantonnements entre Arras et Bapaume, peut-être pourrons-nous y prendre un peu de repos. Puis nous reprendrons nos opérations. Le froid nous gène beaucoup.

Je n'ai pas eu à souffrir dans toutes ces rencontres et je continue de me porter très-bien.

Au revoir, cher père, je t'embrasse de cœur,

Ton fils,

F. Farjon.

Boiry-St-Martin, le 6 Janvier 1871.

Mon cher père,

Nous venons de prendre deux jours de repos à Boiry-St-Martin. Je pense que demain matin nous pourrons nous remettre en marche. Il paraît que les Prussiens se sont trouvés si bien battus le 3 Janvier qu'ils se sont repliés dès le lendemain sur Albert et sur Péronne.

Une mauvaise nouvelle est venue nous donner quelqu'inquiétude. Mézières a capitulé d'une façon déplorable et il est probable qu'un nouveau corps d'armée va nous tomber sur le dos. Nous verrons ce qu'il en sera.

J'ai reçu hier ta lettre du 27, elle m'a fait un grand plaisir. Dis à M. et Mme Devin (1) combien j'ai été peiné en apprenant l'affreux malheur qui frappe leur famille.

Au revoir, mon cher père, je t'embrasse de tout mon cœur,

Ton fils,

F. Farjon.

(1) Voisins de mon père qui venaient de perdre leur petite-fille.

Boiry-St-Martin, le 8 Janvier 1871.

Mon cher père,

Nous n'avons pas sensiblement bougé depuis ma dernière lettre. Le général Faidherbe avait eu, il y a deux jours, l'intention de nous porter vers Péronne afin de débloquer cette ville, mais ayant appris que le bombardement avait cessé, il a préféré laisser l'armée du Nord se reposer encore dans ses cantonnements. Je suis allé avant-hier à Arras faire quelques emplettes ; depuis nous sommes fort tranquilles. Les Prussiens sont revenus en force à Bapaume et aux environs, mais ne paraissent pas vouloir nous attaquer dans nos positions. Nos dragons se contentent de leur enlever chaque jour quelques uhlans.

Au revoir, cher père, je t'embrasse de tout mon cœur,

Ton fils,.

F. Farjon.

Ayette, le 11 Janvier 1871.

Mon cher père,

Hier, l'armée du Nord a fait un petit mouvement en avant et nous nous sommes avancés d'environ une lieue. Les Prussiens ne sont pas très-nombreux près de nous, et il est probable que nous ne resterons pas longtemps ici. On dit que l'armée de Mézières est partie décidément sur Paris. On nous a annoncé l'arrivée de ce côté de 10.000 hommes venant de Rouen pour renforcer l'armée prussienne qui se trouve devant nous, mais cela n'est pas encore bien certain.

Au revoir, cher père, je t'embrasse de tout mon cœur.

Ton fils,

F. FARJON.

Achiet-le-Petit, le 13 Janvier 1871.

Mon cher père,

Nous nous sommes avancés encore un peu et nous avons occupé Bapaume, en faisant quelques prisonniers. Mais une très-mauvaise nouvelle est venue nous attrister : Péronne a capitulé. C'est pour nous un échec très-grave et je ne sais quelles vont être les résolutions du général en chef.

Au revoir, mon cher père, je t'embrasse de tout mon cœur.

Ton fils,

F. FARJON.

La Boisselle, le 15 Janvier 1871.

Mon cher père,

Nous avons fait hier encore un pas en avant et nous avons poussé jusqu'à Albert que les Prussiens ont évacué, ainsi que tous les villages environnants une demi-heure avant notre arrivée ; il n'y a eu que quelques coups de fusil échangés et quelques uhlans poursuivis. D'Albert, le général Lecointe et nous, sommes venus ici où nous avons passé en repos la journée d'aujourd'hui. Hier, en sortant d'Albert, pour nous mettre en gaieté, nous avons, tout l'état-major du général, donné la chasse à quatre cavaliers prussiens qui nous avaient été signalés, mais après une course folle à travers champs, il a fallu renoncer à les prendre, ils étaient beaucoup trop loin.

Les habitants qui logeaient les ennemis quelques heures avant notre arrivée, disent qu'ils ont été attérés à la bataille de Bapaume où nous leur avons fait un mal énorme. En arrivant ici chez notre hôte, nous avons trouvé un gigot à moitié mangé par eux et une espèce de boudin qu'ils avaient préparé eux-mêmes pour leur usage. Nous en avons fait notre profit.

Du reste, sous le rapport matériel, on ne peut être mieux que nous ne le sommes. Nous vivons, tout l'état-major réuni, en famille : le général, le commandant de l'Artillerie, le commandant du Génie, l'aumonier, moi, deux aides-de-camp et trois officiers d'ordonnance, en tout dix personnes. Je t'assure que nous ne faisons pas mauvaise chère et que nous nous portons tous très bien.

Le général Farre m'a annoncé avant-hier qu'il espérait que je serais bientôt décoré ; je ne l'ai remercié que du bout des lèvres, car il est probable que cette décoration arrêtera pour longtemps ma nomination au grade de chef de bataillon. Enfin, il faut toujours prendre ce qui vient, et continuer de faire de son mieux.

Notre corps d'armée est augmenté depuis hier d'une nouvelle brigade composée des mobilisés du Pas-de-Calais, 5.000 hommes environ. J'espère qu'ils seront mieux commandés et surtout plus braves que ceux du Nord, dont la conduite a été jusqu'à présent fort médiocre.

J'ai reçu ce matin ta lettre du 11.

Au revoir, cher père, je t'embrasse de tout mon cœur.

Ton fils,

F. Farjon.

Douai, le 21 Janvier 1871.

Mon cher père,

C'est le cœur brisé d'émotions, et le corps rompu de fatigue que je trouve enfin un instant pour t'écrire ces quelques lignes. L'armée du Nord a été écrasée avant-hier autour de St-Quentin par des forces ennemies très supérieures. Nous avons pu tenir toute la journée dans des positions très-mauvaises. Mais à la fin, il a fallu se décider à la retraite, et celle-ci s'est bientôt transformée en déroute. La déroute eut été elle-même un désastre, si l'ennemi avait pu se douter de notre état de faiblesse et de fatigue. Pendant qu'il passait son temps à bombarder St-Quentin, nos colonnes ont pu, tant bien que mal, se diriger vers le Nord. J'était resté seul avec le général Lecointe ; nous avons fait, dans la nuit, une soixantaine de kilomètres pour gagner Cambrai, vers lequel une partie de nos troupes et le général en chef s'étaient acheminés. Nous n'y sommes restés qu'un jour, occupé à réunir les noyaux des corps qui y arrivaient Ce matin nous sommes arrivés ici par chemin de fer, Les Prussiens ont déja paru à Cambrai et semblent vouloir en faire le siège. Quant à nous, nous allons nous efforcer de reconstituer notre armée dans le mesure possible, afin de tacher de protéger les places du Nord.

Je t'envoie toujours ceci, demain, je tacherai de t'écrire qu'elques détails. Je t'embrasse de tout mon cœur.

Ton fils,

F. Farjon.

Douai, le 22 Janvier 1871.

Mon cher père,

Il est à peu près certain que nous devrons rester encore quelques jours ici. Tu pourrais, par conséquent, prendre tout simplement le chemin de fer par Calais pour venir me procurer la bonne chance de passer une journée près de toi. Réponds-moi bien vite à ce sujet. Dans tous les cas, note que je demeure rue des Blancs-Mouchons, chez M. Preux, avocat général, avec le général Lecointe.

Je t'embrasse, ton fils.

F. FARJON.

Douai, le 27 janvier 1871.

Mon cher père,

Je viens de recevoir ta lettre. Nous repartons ce matin pour Cambrai où l'on concentre toute la division qui était partagée entre Cambrai et Douai.

Rien de nouveau de ce côté.

Je t'embrasse de tout cœur.

F. FARJON.

Cambrai, le 30 Janvier 1871.

Mon cher père,

Une dépêche, arrivée cette nuit, nous a appris qu'un armistice de vingt-et-un jours a été conclu entre les belligérants, en sorte que toutes nos opérations vont se trouver suspendues. J'ignore encore quelles sont les conditions de cet armistice en ce qui concerne Paris, mais je crains fort qu'il ne soit le prélude de la paix, paix humiliante pour nous ! Les détails ne vont pas tarder sans doute à nous parvenir, mais si, comme je le crois, c'est la paix qui commence, je me retirerai de cette lutte assez mal récompensé, étant juste aussi avancé à la fin qu'au commencement de la guerre.

Dès que j'aurai des détails, je t'en écrirai. Pour le moment, nous avons à nous occuper d'entrer en conférence avec l'autorité militaire prussienne, pour tracer la limite qui devra nous séparer pendant la suspension d'armes.

Je vais bien.

Au revoir, mon cher père, je t'embrasse de cœur.

Ton fils,

F. FARJON.

Cambrai, le 4 Février 1871.

Mon cher père,

Nous continuons de rester ici, nous reformant, nous renforçant. Cela servira-t-il à quelque chose ? J'ai peur que non ; car il est à présumer que la Chambre qui va être élue voudra conclure la paix à tout prix. Si l'on fait la paix aujourd'hui, notre devoir est tout tracé, c'est d'utiliser tout ce qui nous restera de force et de moyens pour nous refaire une institution militaire qui nous permette quelque jour de prendre notre revanche et surtout de ramener à nous les chères provinces qu'on veut nous enlever.

Nous avons eu avant-hier la visite du général en chef. Il a passé en revue les troupes de la division qui se trouve de ce côté. Le soir, il y a eu un dîner dont j'ai fait partie. Le général Lecointe et d'autres encore ont fait des démarches nouvelles auprès du général Faidherbe pour qu'il me nomme chef de bataillon. Il a répondu qu'il ne demandait pas mieux, mais qu'il fallait le consentement du Ministre et qu'il allait le réclamer. Je n'ai pas grande illusion, surtout dans un moment comme celui-ci. Et puis, qui sait ce que l'avenir, même prochain, nous réserve ! L'essentiel c'est que je ne cesse pas d'être en bonne santé.

J'ai reçu depuis quelque temps des lettres où l'on me demande une foule de choses : celui-ci sollicite un grade, celui-là une décoration. C'est très-drôle, on me suppose une puissance que je n'ai nullement et je n'ai pour le prouver, qu'à citer mon propre exemple : je fais la guerre depuis le début, je suis le plus ancien capitaine de tout le 22e corps, et je ne suis seulement pas décoré. Avec cela je leur ferme la bouche.

Georges Ledez aussi m'a écrit pour me demander de le faire passer dans une batterie active ; malheureusement, il ne sait pas monter à cheval et c'est indispensable pour un sous-officier d'artillerie ; je ne vois pas comment on pourrait le satisfaire.

J'ai écrit, il y a quelque temps, un mot au général de Chargère pour le prier d'accorder une permission de quelques jours à Dacbert. Je ne sais si cela a abouti.

Au revoir, mon cher père, je t'embrasse de tout mon cœur.

Ton fils,

F. FARJON.

Cambrai, le 10 Février 1871.

Mon cher père,

Tu as pu voir dans le journal de Lille que, par décret du 2 Février, j'ai été nommé Chevalier de la Légion d'Honneur. C'est tout ce que je puis espérer de cette campagne et je m'en contente forcément ; au moins je tiendrai mon brevet de la République qui me paraît en ce moment bien menacée par ce que j'ai déjà pu pressentir des élections. Pour nous, nous avons imaginé, après le refus du général

Faidherbe, de créer la candidature du général Farre. Malheureusement, nous n'avions pas le temps. Nous lui avons néanmoins obtenu environ 2.000 voix. C'est toujours un témoignage de sympathie.

Rien de nouveau de ce côté.

Je t'embrasse de cœur.

Ton fils,

F. Farjon.

Cambrai, le 15 Février 1871.

Mon cher père,

Nous venons de recevoir de graves nouvelles. Plusieurs dépêches du général en chef nous annoncent que, sous très peu de jours, le 22e corps d'armée va être embarqué pour être transporté, où? Je n'en sais rien. Mais je présume que c'est à Bordeaux où quelque part de ce côté, le motif de ce mouvement n'est pas bien clair. Il est peu probable cependant, qu'on veuille reprendre les hostilités. Il est plus vraisemblable que, pendant les discussions parlementaires de la paix, on veuille avoir, vers la région de la Loire, des forces assez sérieuses pour que, dans les débats qui vont avoir lieu, la voix de la France puisse au moins se faire respecter ; sans cela, nous serions complètement à la merci du vainqueur. Dans tous les cas, nous sommes prêts : nos deux divisions parfaitement remises des pertes de Saint-

Quentin sont plus belles qu'elles ne l'ont jamais été ; notre artillerie a encore été renforcée.

Voilà la grande nouvelle du jour. Dès que j'aurai quelques détails je t'en ferai part et je tâcherai de te voir avant le départ.

Le général Farre est à Bordeaux. C'est sans doute à la suite des renseignements donnés par lui qu'on nous fait partir. Ce sera un voyage qui pourra être fort intéressant pour moi.

Au revoir, cher père, te t'embrasse de cœur.

Ton fils,

F. FARJON.

Je rouvre ma lettre ; nous venons de recevoir de nouvelles indications. Nous allons à Cherbourg et c'est à Dunkerque qu'on nous embarque. Le mouvement commence demain, mais nous ne quitterons définitivement Cambrai que dans quelques jours.

Cambrai, le 19 Février 1871.

Mon cher père,

Nous serons après-demain mardi à Dunkerque et il est probable que nous nous embarquerons le même jour. Si tu peux te trouver Mardi matin à Dunkerque, nous pourrons nous embrasser avant que je n'entreprenne ce nouveau voyage.

Une partie de nos troupes sont déjà parties. Le temps

est superbe et l'embarquement se fait très vite. C'est sur la flotte cuirassée que nous faisons ce voyage.

L'armée de l'Ouest dont nous allons faire partie, est commandée par un ancien général fort peu connu, le général de Pointe de Gévigny. Le chef véritable sera le général Farre qui est nommé major général.

Je n'ai absolument pu rien faire pour le jeune Duflos. Pendant l'armistice il est sévèrement interdit de donner des permissions, sous quelque prétexte que ce soit. Et maintenant, il vient avec nous à Cherbourg, son régiment doit être en marche déjà pour Dunkerque, cela lui fera voir du pays.

Au revoir, cher père, à bientôt.

Ton fils qui t'embrasse,

F. Farjon.

Cherbourg, le 23 Février 1871.

Mon cher père,

Me voici donc arrivé dans le fameux port de Cherbourg. Nous avons eu une traversée admirable, pas le moindre coup de vent, pas la moindre brise. Nous n'avons quitté la rade de Dunkerque qu'avant-hier vers minuit et demi et nous sommes entrés dans la rade de Cherbourg hier soir à 7 heures. Nous avons dû coucher à bord et ne sommes descendus à terre que ce matin à 9 heures. Tout s'est parfaitement passé.

Le port de Cherbourg est quelque chose de tout-à-fait splendide dont nos ports du nord ne peuvent donner une idée. La rade est remplie de bâtiments cuirassés de toutes les formes : frégates, batteries flottantes, monitors, etc. Nous passerons sans doute quelques jours ici et j'aurai le temps de visiter tout cela en détail.

Le colonel Bourgeois n'est plus ici, il est au 19e corps à Falaise, mais j'irai voir Madame Bourgeois, qui est toujours souffrante. J'ai retrouvé au bureau du Génie une vieille connaissance, le colonel de Vaufleury que j'avais vu autrefois à St-Omer et qui a repris du service pendant la guerre.

Nous ne savons pas encore très-bien ce que nous sommes venus faire ici. Demain, je dois aller à Valogne, où se trouve notre nouveau général en chef, pour prendre langue avec lui. Je pense que le général Farre ne tardera à arriver et alors il faut espérer que les choses prendront une tournure un peu plus précise.

Au revoir, cher père, je t'embrasse de tout cœur.

Ton fils,

F. Farjon.

Saint-Lô, le 3 Mars 1871.

Mon cher père,

Depuis notre arrivée à Cherbourg, je n'ai pas eu un moment de tranquilité. Le lendemain de notre arrivée, le général Lecointe est allé passer deux jours à Bayeux dans sa famille, et me voilà tout seul en présence d'un ordre du Ministre qui faisait partir tout le corps d'armée pour Caen, ordre absurde et incompréhensible ; on nous faisait partir sans délai, par chemin de fer, sans un cavalier, sans un canon, les nôtres n'étant pas encore arrivés. N'importe; il fallait s'y mettre. Il paraît que les affaires n'allaient pas trop bien pour la paix et l'on nous envoyait prendre position de Caen à Domfront, sur une étendue de 25 lieues, avec nos 25.000 hommes ! Le mouvement était à peine commencé qu'on nous faisait prendre une position plus raisonnable sur la ligne de Bayeux, St-Lô, Coutances. Il a fallu refaire tous les ordres et, enfin, à cette heure l'opération est terminée et nous venons d'arriver à St-Lô, charmante petite ville, par une température du mois de mai. Ce département est bien différent du nôtre, l'air y est déjà très doux, les arbres bourgeonnent, les prairies sont vertes et les bestiaux sont dehors.

Je n'ai pas eu le temps de voir à Cherbourg tout ce que j'aurais voulu. Cependant, j'ai pris une idée de la ville, du port, de l'arsenal maritime et de quelques-uns des forts, tout cela très beau.

Tout notre corps d'armée est maintenant dans le Cotentin. A présent que la paix peut être considérée comme faite (à quel prix, on n'ose à peine y songer !), je ne pense pas que nous devions rester longtemps de ce côté. Va-t-on nous dissoudre, on nous garder pour nous envoyer à Paris ? Rien, jusqu'ici, n'a transpiré à cet égard. En attendant, la situation commence à s'éclaircir : voici déjà que les mobilisés sont renvoyés chez eux, tu vas donc revoir Auguste qui n'aura pas fait une campagne bien pénible. Il est probable que d'ici à peu de jours, d'autres mesures plus importantes seront prises.

Je me porte parfaitement bien.

Au revoir, cher père, je t'embrasse de tout cœur. Rappelle-moi au souvenir de nos parents et de nos amis.

Ton fils,

F. Farjon.

St-Lô, le 9 Mars 1871

Mon cher père,

C'est la fin et ce n'est pas le plus amusant. Notre 22e corps tombe en dissolution : on a, ces jours derniers, envoyé à Paris presque toutes nos troupes d'infanterie régulière, les quatre bataillons qui nous restent vont partir pour leurs garnisons, et nous resterons avec quatre régiments de mobiles qu'on doit licencier sous peu de jours. Après cela que deviendrons-nous ? Je n'en ai pas la moindre idée. Je ne cesse pas d'être extrêmement occupé, mais ma besogne n'est guère plaisante. Tant qu'a duré la guerre, c'était bien, mais maintenant j'en ai assez et j'ai hâte d'en sortir.

La ville de St-Lô est jolie, les environs sont plus jolis encore, mais on n'y trouve pas de ressources. Pas de journaux, pas même de cigares. J'ai à lire pour toute pâture le *Moniteur universel* qu'on m'envoie irrégulièrement de Bordeaux.

Le général Lecointe, et le général Farre lui-même, qui est à Valognes, ne savent pas trop ce qui sortira de tout cela pour nous. Je pense toutefois que nous ne serons pas longtemps à être fixés.

Au revoir, cher père, je t'embrasse de tout cœur.

Ton fils,

F. Farjon.

St-Lô, le 15 Mars 1871.

Mon cher père,

Les effets de la paix se font de plus en plus sentir pour nous. Toutes nos troupes régulières nous ont déjà quittés. Nos quatre régiments de mobiles sont licenciés et vont s'en retourner chez eux. Ce sera la fin : ces opérations de liquidation sont les plus ennuyeuses de toutes.

Je suis toujours incertain sur la position qui va m'être donnée. Le général Farre à qui j'ai écrit pour lui demander un conseil, m'a dit d'attendre, mais que, dans tous les cas, il ne m'oublierait pas. Pour le Génie, il parait qu'on doit prendre une mesure générale, consistant à renvoyer tous les officiers dans les postes qu'ils occupaient avant la guerre, en sorte que j'ai beaucoup de chance pour retourner provisoirement à Calais. J'en serai très-heureux, cela me permettra d'être auprès de toi, sans avoir besoin d'être mis en disponibilité.

Je viens de rendre mes chevaux à la remonte, à l'exception de mon prussien que je garde avec mon ordonnance.

Je ne m'amuse guères ici ; je vois tout le monde partir et je partirai probablement le dernier. Quand mes opérations seront finies, il me faudra mettre mes archives en ordre pour les expédier au Ministre.

Au revoir, cher père, je t'embrasse de tout cœur,

F. Farjon.

St-Lô, le 24 Mars 1871.

Mon cher père,

Tu as bien fait de m'adresser le *Progrès du Nord* et ta lettre à St-Lô ; j'y suis toujours. La dernière fois je t'écrivais que je pensais partir bientôt, tout le 22e corps étant dispersé, mais j'avais compté sans les fous de Paris. Nos derniers régiments de mobiles allaient être désarmés et renvoyés chez eux, lorsque l'ordre est venu de les garder et de les armer à nouveau. C'était une idée malheureuse, car ces hommes ayant déjà rendu leurs armes pour la plupart et quelques uns ayant déjà fait une ou deux marches pour s'en retourner, il était à craindre qu'on n'en pût rien tirer de bon.

Il a bien fallu s'y remettre cependant. De nos quatre régiments, un seul s'est rebiffé, c'est celui du Nord ; les autres ont repris leurs armes. Avant-hier matin, l'opération était à peine terminée, quand l'ordre est venu de les désarmer de nouveau et de les remettre en route. Ce travail de Pénélope sera terminé demain, et j'espère que cette fois ce sera la bonne, car j'en ai par dessus la tête.

Aussitôt que je serai libre, j'irai passer une journée ou deux à Cherbourg, pour remettre mes archives au général en chef, qui doit lui-même les transmettre au Ministre. Je m'occupe en ce moment de mettre tout en ordre parfait, afin que plus tard, les recherches de ceux qui voudront étudier ou écrire l'histoire du 22e corps, soient rendues faciles. Je verrai en même temps le colonel Bourgeois qui est de retour et m'a déjà invité à l'aller voir.

Les évènements stupides de Paris ne m'inspirent pas une très grande crainte. Je crois que, quand on le voudra, on se rendra maître facilement des factieux. Des gens qui ont fait si piteuse mine lorsqu'il fallait se battre contre les Prussiens n'en feront pas une plus brillante quand ils trouveront devant eux une troupe française, bien commandée ; sous ce rapport, le Gouvernement a fait une très grande faute : il fallait faire sortir de Paris les régiments de l'armée du siège composés en grande partie de Parisiens et déjà à moitié gangrénés et y envoyer les corps d'armée de province bien constitués, les choses se seraient passées tout autrement. Si au lieu de démembrer notre 22e corps qui était une unité compacte et solide, on l'avait expédié à Paris tel quel, pas un soldat n'eût levé la crosse en l'air, témoin le 43e qui était des notres.

Mais on a voulu, comme toujours, créer des brigades et des divisions pour conférer des commandements à MM. les généraux de Paris, qui déjà intriguaient dans les ministères et on nous a démoli à leur profit. Le résultat de ce beau travail est connu maintenant.

Je n'ai plus eu de nouvelles de mon classement à Calais. Je pense cependant que rien ne sera changé en ce qui me concerne : je le saurai bientôt.

Je garde mon cheval prussien et mon ordonnance. Je ne sais trop comment je pourrai faire voyager tout cela. Les Prussiens sont encore à Rouen, et on ne passe pas par Paris. Mais c'est là un bien léger obstacle au point où nous en sommes.

Au revoir, mon cher père, je t'embrasse de tout cœur.

Ton fils,

F. FARJON.

Dieppe, le 7 Avril 1871.

Mon cher père,

Tu vois que peu à peu je me rapproche de toi. Me voici à Dieppe où je suis arrivé hier en venant du Havre. J'espérais y trouver le même agrément que dans les villes que j'ai visitées jusqu'ici. Mais, hélas ! je l'ai trouvée infestée de Prussiens et je me sauve. Ce soir, je serai au Tréport, demain soir, je pense à St-Valery, et de là à Boulogne, où je ne crois pas pouvoir arriver avant après-demain matin. Je ne suis pas bien sur des trains, mais si je ne t'écris pas de nouveau, c'est que je serai à Boulogne Dimanche matin par le train qui doit arriver vers 9 h. 1/2. Je te raconterai alors tout au long mes impressions de voyage.

Au revoir, cher père, à bientôt.

Je t'embrasse de cœur.

F. Farjon.

www.ingramcontent.com/pod-product-compliance
Ingram Content Group UK Ltd.
Pitfield, Milton Keynes, MK11 3LW, UK
UKHW021145230726
13926UKWH00002B/928